_____ 님께

_____ 드림

글벗시선 226 임경숙 첫 번째 시집

초승달 미소
보름달을 꿈꾼다

임 경 숙 지음

보름달을 꿈꾸며

푸른 시절 꿈에 그리던 대학 학문의 졸업을 상상만으로 끝내지 않았습니다. 2023년도에 때늦은 입학을 계기로 노년의 삶을 위한 비상의 날개를 펼쳐 새롭게 출발하려는 계획으로 현재 3학년에 재학 중입니다. 2024년도 신학기에는 시를 쓰기 위한 주 1회 개인지도를 병행하여 수업을 진행했습니다. 글벗문학회 창작 프로젝트에 1년간 동참하여 시 부문 신인상을 계기로 시인에 등단하는 영광을 안고 첫 시집을 출간하는 이 자리까지 오게 되었습니다.

마음으로 느끼고 지닌 그리고 일상에서 얻은 생각들을 모아서 시적으로 표현하는데 많이 부족한 부분도 있습니다. 하지만 할수록 더 어렵다는 생각에 공부한다는 마음으로 용기 있게 세상에 꺼내봅니다.

누군가 읽고 일부분 혹은 한 구절이라도 아픔의 치유로 또는 위안과 위로가 되었으면 좋겠습니다. 사랑과 희망의 메시지로 공감하거나 어떤 일이라도 다시 도전하고자 하는 동기부여의 계기가 된다면 더욱 좋겠다는 마음이자 바람입니다.

거울을 보며 외면을 가꾸듯 내면의 밭을 조금씩 일궈 씨앗이 되어 꽃으로 피어나도록 노력하겠다는 다짐을 해봅니다. 인생의 동반자로 시와 함께 성장하며 거울처럼 다시 찾는 거울 같은 시로 남기를 소망합니다. 한 편의 시를 쓰기 위해 마음 울림의 밭을 가꾸고자 노력하겠습니다. 저 역시 시를 쓰려는 동기는 곁에 계시지 않아 애환이 서려 가슴에 남아 지울 수 없는 어머니의 아픈 흔적이 겹치는 까닭입니다.

막내딸로 청순하여 곱던 어머니의 소녀적 그 시절에 예절 및 근간의 지침서, 고전 설화 등 다양한 공부를 하셨던 어머니는 친필로 기록하셨습니다. 책으로 제본하여 많은 양을 궤짝에 가득 담아 혼수품과 함께 소달구지에 싣고 시집 오셨습니다. 독립운동을 하시는 외할아버지께서 독립 자금 활동으로 불안정한 시대적 현실 앞에 칠흑 같은 어둠 속에 하루의 밝은 햇살은 짧기만 했습니다. 야속한 세월 가운데 버선발 곱게 단장하고, 막내딸의 책 넘김과 명필을 향한 딸의 일념에 애심으로 흐뭇한 미소를 보내셨습니다. 어머니는 부모님의 사랑을 독차지하고 기내를 저버리지 않았답니다. 글공부로 다듬어져 고상하시던 막내딸 어머니는 18세에 시집을 와서 시아버지 그리고 두 분 시어머니와 13형제의 장손 며느리로 사셨습니다. 당신은 열 자식의 일곱 며느리를 거느리셨습니다. 자식들 앞에서 소리 한번 제대로 못 내시고 평생을 눈물 훔치시던 모습이 딸로서 항상 눈에 밟혀 제 시 가운데 함께 살아 숨 쉬고 계십니다. 사랑하는 어머니의 애잔한 숨결과 친필로 남겨주신 어머니의 향기를 담아 나누지 못한 담소와 그리움으로 어루만져봅니다. 어머니의 향기와 손잡고 성장하고자 시인의 길에 첫발을 내딛어 봅니다.

시 가운데 평안과 쉼을 얻는 노년의 삶에 부단한 노력을 통해 다시 읽고 싶은 시로 남겨지길 소망하면서 그 한 편의 시를 위해 긍정의 에너지를 쏟으려 합니다.

시 쓰기에 지도를 주셨던 시인이자 수필가이신 두송 최우상문 선생님께 깊은 감사를 드립니다. 첫 시집 출간으로 세상 빛을 볼 수 있도록 지원과 서평으로 도움을 주신 도서출판 글벗 편집주간 최봉희 회장님과 종자와 시인박물관 신광순 관장님께도 깊은 감사의 인사를 드립니다. 또한 응원해 주신 친구들과 지인님께 감사의 마음을 전합니다.

항상 지지해 주는 아들 오진우 내외를 비롯해 가족 형제들과 함께 첫 시집을 기념하고 싶습니다.

감사합니다.

2025년 4월 저자 향경 임경숙

첫 시집 출간을 축하하며

頭松 최우상문

2025년 4월 첫 시집 『초승달 미소 보름달을 꿈꾼다』 출간을 축하한다.

등단 1년의 짧은 기간에 생애 첫 시집을 세상에 내놓은 香慶 임경숙 제자에게 누구보다 축하드린다.

시집 1장에 어머니에 대한 애환과 시집 각 장마다 시인의 파란만장한 곡절의 시들을 읽으면서 가슴 아픈 사연들로 곳곳에서 감화받았다. 그래도 대학에서 시니어 모델학과 공부를 병행하는 과정에 임생에 흔적 하나 남긴다는 일은 그리 쉬운 일은 아니다.

남다른 습작 과정과 책 읽기의 집념이 아니고는 오늘의 결실을 어찌 이룰 수 있을까 새삼 놀랐다.

마치 중국의 대나무과에 속하는 모죽(毛竹)이란 나무에 비유하고 싶다. 세상에 나오기 전 땅속에서 뿌리만 5년간 사방 100m 이상을 뻗어 나가다 5년 후에야 세상에 얼굴

내밀며 무섭게 자라 나는 강인함과 인내심을 말해주고 싶다. 인고의 끝에 일단 세상 밖으로 나오면 하루에 30cm씩 1년 만에 다 커버리는 무서운 이 모죽이야말로 파죽지세라 표현할까? 30미터를 한해에 무섭고 놀라운 경숙 나무 같다는 이름을 붙여주고 싶다.

 부디 이 집념과 열정, 창작 예술인의 길로 들어선 것 같아 시인의 향후 발자취를 유심히 보고 싶다.

 언제까지나 꾸준히 고뇌에 찬 시인의 길로 뚜벅뚜벅 걸어가리라 믿어 의심치 않는다. 香慶 임경숙 시인의 앞길에 행운의 고속도로가 펼쳐지길 소망한다.

 다시 한번 첫 시집 『초승달 미소 보름달을 꿈꾼다.』 출간을 진심으로 축하한다.

2025. 4. 2.
頭松 최우상문 두 손을 모아.

차 례

제2부 사랑의 화원

제3부 오직 하나

제4부 나만의 향기

제5부 삶은 그리움

■ **서평**

제1부

사랑은 삶의 씨앗

찔레꽃

천연히 피어나
참 곱기도하지

그 향기
숨을 멎게 하네

코를 묻고
눈을 감아도

지금도
그 향내가 나네

그립다
찔레꽃 닮은 내 어머니

목련 닮은 오련꽃

단아한 하얀 몸가짐
맵시 자랑하러 왔다네

가문의 평안과 품위를
글공부로 닦고
언행과 품성을
몸소 익히어
손끝 아리도록
가족을 품었네

행복과 나눔의 씨앗
이웃까지 뿌렸건만

짧은 목련의 일생
아내의 희생

안개속에 묻혀버린
엄마 오련꽃

* 오련: 독립 유공자 자녀 이오련 여사.

어머니(1)

초야를 벗 삼은
잔잔한 미소
그 안에 철없던
우리가 있었다

성장하며 보낸
몽매의 시간은
못을 박는 목수가 아닌
작은 응석받이

보답 못 한 뉘우침에
무척 그리워지는 날
저 하늘에 걸려있는
가슴에 큰 별 하나

사랑하는 어머니
나의 어머니

어머니 (2)

가뭄에 갈라진 논바닥에
핏빛으로 물들인 어머니의 발뒤꿈치
벗겨진 버선발이 눈에 들켰다

허리 휜 가을볕이
겨울을 보듬고 위로해도
숙연했던 십 남매는 불효의 응석받이

철없이 눈에 비친 엄마의 한(恨)
아픔을 인내하고 탄식하는 운명이여
숙명으로 밭이랑에 잠재운다

어머니(3)

금빛 나비
날개 펼치어 손짓하네
미소 담아 부르는 희뿌연 몽상

찬란한 은하수에 이끌려
황홀했었지

허무하게 사라져간
꿈속에 머언 환상
긴 여운 남긴 채
아쉬운 눈물 떨구네

어머니의 따뜻한 미소
붙잡을 수 없어
못내 아쉬운
안갯속 미영으로 남아

연민의 보상
어머니 사랑합니다.

어머니(4)

태고의 숨결이
살아있다

끊기다 이어지는
어머니의 고달픈 숨소리

자식 많은 죄로
말 못 할 사연들에
냉가슴을 앓고

인고의 세월 앞에
단아하신 어머니의
사색이 숨어 있다

가슴을 열어
날개 삼아 훨훨
날고 싶었으리라

풀벌레 소리
기나긴 달밤에
어머니의 그림자가 되어
진한 그리움은 사무친다

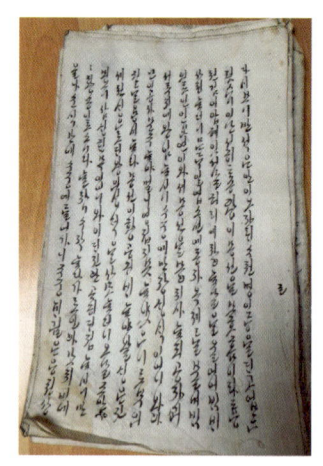

내 삶의 등불

따사로이
애정이 어린 손길
머리칼에 스며 있다

그 손끝에
철학과 신념을 담아
어린 딸에게 전했다

사랑과 겸손
진실과 배려
양심과 도덕의
지침을 쓰다듬는다
내 삶의 등불
처세의 지침서를

아침마다
정갈한 머리카락
빗질에 힘을 실어
인생행로의
양분을 채우셨던
그리운 아버지의 손길

아버지의 사랑

아련히 멀어져간 그 추억
유수 같은 세월이 덧없어라

어린 소녀의 천진난만한 시절
아버지의 꽃 사랑입니다

화롯불에 단단한 대나무 뿌리 꽂아
긴 머리 말아 양 갈래 곱게 리본 달아 주면
사뿐 걸음 좋아라

엄마도 웃음꽃
행복한 아버지 얼굴

꽃이 좋아 모란꽃 장미향 가득한
그리운 여름날이여
능소화 담장을 장식하고
온갖 사철꽃 피워내신 아버지
열 자식 모두 진한 사랑입니다

손끝에 사랑을 담아
노리개처럼 만져주신

딸의 긴 머리카락 회색 하얀색
조금씩 물들어가고
지극 사랑 아버지 손길
온기로 전해 옵니다

오늘도 생각나서
전하지 못한 노래로
불러보는 그리운 아버지
"사랑합니다."

고귀한 희생

성한 이 몸 상처를 내어
살을 에는 통증으로
진한 인고를 감내하네

너를 얻어 하늘을 품고
내 삶에 함께하려는
또 다른 별 하나

산고의 극심한 아픔을 이겨내고
내 몸을 빌려 너를 향한 축복

별밤에 빛나던 큰 별이 내게로 왔다
이 몸 희생하여 고귀한 보람을 얻었구나

온 맘으로 혈을 끊더니
한 몸 나누어 두 꽃을 피우는 환희

장한 어머니
내 삶을 키워가는 분신이여
출산의 인고와 기쁨으로
영혼까지 품었네

고향집

꽃과 나무 풀 향기 따라
초록에 사는 우리
심상의 천국이라네

사시사철 벌 나비 찾아오고
종달새 노래로 함께 춤추네

사랑하는 형제여
나 홀로 아니거늘
지상 낙원이라 말하지

태고의 역사적 숨결에
부모님 살아실 제
향기로운 그 품 안에 깊은 뿌리

뱃줄로 이어져
우리가 태어난 이곳이 아니던가

평안의 심장이
붉은 꽃으로
편히 쉬고 있네

안개꽃 어머니

이슬 품은 잿빛 골짜기
운무에 젖은 고운 햇살
철 따라 희생을 초야에 묻는다

소리 없이 상처 난
어머니의 모진 희생
다 피지 못한 채 낙화하여 묻힌다

자식 소망 빌고 빌어
정성 담은 금향로
애잔한 안개꽃 사랑이다

꽃잎에 촉촉한 눈물
안개꽃은 감출까

차가운 서릿발로
서려있는 계절에
언제까지나 몹시 그리운 날

가슴에 안아보는
초롱초롱한 안개꽃 어머니

빗속을 거닐며

누군가에게는
클래식이 흐르는
강렬한 감상의 세계로

누군가에게는
삶이 무너지는
처절한 아우성의
충격으로

이것이 삶인 것을
어이 하랴

나의 믿음이여
평안으로 채워주오

가슴으로 보드랍세
안아줄
그리운 어머니와
향수를 담아
오늘도 비는
하염없이 흘러내린다

어머니의 눈물

타들어 가는
초조한 목소리
헤어짐이 아쉬워
초점 잃은 눈망울

엄마를 부르는 목소리에
붉은 토끼 눈 되시었네

언제 보느냐고
말문 여시다 말고
가득 고인 촉촉한 이슬

또 보자고 말하시려다
파리한 입술 깨무시던 어머니

자식 사랑을 향한
값진 눈물로
애달픈 진주를 품으시는
고독의 외로움인 것을

그 눈물 아직도

따뜻한 사랑을 품고
그릇에 소복이 담기었네

그 눈물까지 몹시 그리운
나의 어머니
사랑합니다

향리

동백꽃 그늘에 앉아
깊은숨 몰아쉰다
어디선가 어머니
향기 피어올라
심상에 안긴
그 향기 단내 난다

벌 나비 떼를 찾고
우짖던 새들의 합창은
우리 형제
우애만을 고대하시던
부모님 음성

그 품에 안겼던
우리 가족 십 남매
희로애락 이야기꽃
전설 되어 멀어진다

문 걸어 잠겨진
아까운 우리의 생가
철없던 시절

멋모르고
뛰어다니던 꿈

사랑채 울타리
밤을 줍고
달콤한 홍시 하나에
즐거웠던 그곳
보고파도
만날 수 없는 어머니
그 품속이 그리워라

진분홍 철쭉 능선
어머니의 눈길은
그곳에 있다
텃밭에 모란꽃은
단아하신 어머니로
수줍게 웃고 있다

고목

낙엽 되어
갈 곳을 잃고
짓밟혀진 상처로
방황하며 뒹굴다
바람결에 맡겨진 신세
흔적마저 사라집니다

나이테만큼 반복되는
아픔의 갈림길

당신은 떠나갔지만
고운 초록 옷 갈아입고
한때 푸름의 시절

또다시
생사를 초월하는
한계를 넘나듭니다

변치 않는
어머니의 혈맥으로 이어져
어느덧 뿌리 깊은 고목

그토록 많은
시련을 이겨내신
고귀한 어머니의
희생이 있었습니다

지금
내가 서 있는 자리가
어머니의 자리였습니다

태평성대

대답없는 절규의 메아리
엄마~ 엄마 부르며
애절하게 찾는다

운무의 속박에 끈
놓칠세라 붙잡았던
그 한 세월 덧없이
영영히 떠나가네

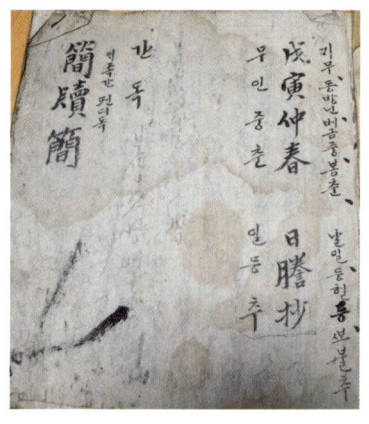

가슴치며 소리내어
다시 불러도
치매의 동산에서
흥겨이 누리는

저 태평성대
누구를 원망하랴

회한의 절망에
이내 가슴 무너지네

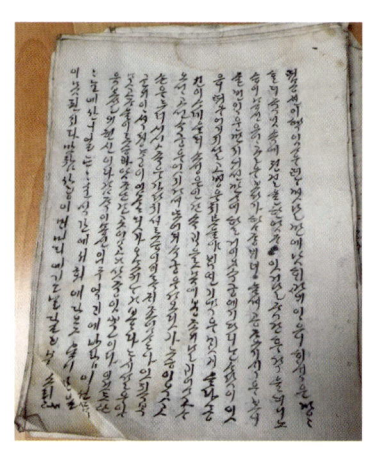

동백꽃 사연

돌담 곁에 아름드리
붉디붉은 동백꽃은 화려하다

생을 다하는
하나둘 검붉은 눈물의 낙화
안쓰럽게 짓밟혀서
두 손 가득히 거두셨다

너와 나, 길을 떠나는
나그네의 애달픈 사연
나를 닮았구나

동백꽃을 사랑하는
어머니의 상념

임 떠나신 그 빈집에
온 가득 동백꽃으로
환히 등불 밝힌다

눈이 덮인 그날
이불 삼아 포근히 끌어안고
가슴 뛰는 붉은 심장으로
하염없이 기다리신다

청개구리의 후회

창문틀에
거꾸로 매달리면
다른 세상을 발견합니다

보고 싶은 것만 보았던
지난날
오직 나만을 위했습니다

청초한 모습
들국화 같던
그리운 어머니

거센 비바람에 묻혀
떠나가신 빈 둥지에
두 손 모아 빌고 비는
움츠린 내 모습

떠난 뒤 후회한들
무엇이 변하리오

청개구리의

서글픈 순애보

오늘도 한이 서린 마음에
커다란 눈물방울
감추지 못한 진한 그리움

핏물 같은 비는
서러움에 그칠 줄 모릅니다
하염없이 세찬 비가
쏟아집니다

내 고향 푸른 보성(1)

그림 같은 산마루에
풋풋한 녹차 향기 피어난다
푸른 바닷길 따라 걷노라니
어디선가 유혹하는 청아한
산새 소리
모두 모여 친구 되어
무지갯빛 숲길 가잔다
제암 산천 나빌레라

야생화에 설레는 오월
진분홍빛 철쭉꽃 따라
이름 모를 달콤한 향기
사시사철 실려온다

초자연의 고결한 숨결
청솔 바람에 쉬노라니
초야에 묻힌 사연
하세월 그리워라

내 고향 푸른 보성(2)

살포시 물안개 덮인
일림산의 봄꽃 철쭉제여
가슴 설레는
오로라빛 사랑으로
붉은 입술 화려함에
거친 파도 잠재우고
흐린 달빛 스러져라

하늘 선물 받은 축복
꽃바람에 실려 오듯
고운 임 품에 안고
애절하게 가슴 울린
서편제 가락의 춤사위여

고향 산천 발자취에
운무에 젖어 시나브로
멀어져간 아버지의 그 목소리
따스하던 어머니 품속
그 향기 그리워라

애환

나만이 간직하는
물밑의 어둠이
밝은 희망을 키운다

알 수 없는
양분이 숨겨진 채
모성애로 물려받은
어머니의 끈이었다

사랑과
슬픔으로 뒤엉킨
어머니의 삶이
내 설움의
눈물로 채워진다

어머니의 빈자리에
고뇌에 찬
삶의 여정이
발자취를 남긴다

그리고 또 밟는다

제2부

사랑의 화원

사랑의 화원

꽃향기와 풀내음 가득한
사랑의 화원

붉은빛과 하얀빛의 만남
화려한 원앙새 사랑

행복의 연가를 수놓으며
예쁜 둥지를 트네

꿀벌이 향긋한 꽃을 만나는 무지갯빛 꿈

비상의 날갯짓 천상의 염원
분홍빛 사랑으로 영원하리

황혼길

사랑으로 만나는 기쁨
돌아서면
다시 또 그리워지네

그대의 손길 머무는 곳에
사랑꽃이 피어나는
오로라의 신비

가슴 뛰는
성년의 통증

어언 황혼빛이
가을에 물드네

백년해로

해바라기 한 송이 위에
고운 새 한 마리 앉았다

입맞춤 나누는 붉은 입술
사랑 얘기 들려온다

백년해로 기약하는 야심한 밤
소쩍새도 구슬피 짝을 찾아 울어댄다

꽃으로 피고 새가 되어
한 몸 되어 사노라니

아침이슬 저녁노을
아름다운 백년해로

바다의 뱃길 따라 해무가 젖어드니
초연히 황혼빛 찾아든다

새벽이슬

영롱히 구슬 하나
홀연히 다가와서
사랑을 찾아
행복한 나눔

푸른 잎 꿈을 채워
알알이 익어가네

새벽이슬 입맞춤
그리워 하늘 보고
아쉬워 땅을 보고
어둠의 보고픔은
새벽이슬 기다리네

오늘도 나의 사랑
내일을 기약하는
황홀한 행복이네

새벽안개

너와 나의 만남은
밝은 햇살을 피해
어둠에서 피어나는
애무의 환희
하늘 구름에 비할까

불멸의 겸손함
어머니 품속 같은
포근한 그대를 사랑해

풀꽃 향기 머무는
고요함이네

산천의 비경
순무의 평화가
잠잠히 드리우는
새벽 어스름
그대 품에 살포시
안겨보네

모래사장

혼자서는 보이지 않는
작은 몸 하나

너와 나 모여 사니
드넓은 모래사장

사계절 사랑받는
백사장 금모래라네

낭만을 선물하는
로맨스의 놀이터

그대와 내가
함께 사랑하며
살아가야 할 이유라네

그대의 삶을 응원하는
에너지 충전소
오롯이 쉼을 안겨주네

배롱나무의 사랑

소곤소곤
천진한 해맑음의 속삭임으로
활짝 피어난 핑크빛 환희라네

갈색의 산들바람
그대의 순수한 사랑에
아직도 수줍은 순결이라네

가을 향기로 감추지 못한 그대 그리움
밤하늘에 빛나는 별빛 사랑
빠알간 볼 들키고 말았네

매서운 눈보라 오기 전
부귀영화
가늑한 사랑으로
따뜻한 그대를 사모하네

인생의 뒤안길

갈색 향 머무는 곳에
아픈 상처를 묻으려 퇴색한 낙엽이
울고 있네

고달픈 발길 헤매는
어둠의 그림자 떠나면
저 산 너머에
고운 무지개
행여 만날까

따스한 봄빛
초록 눈 안고
그리운 임
은하수 따라
마중 나오네

내 사랑 파릇한 숨결
달콤한 향기로움 타고
사뿐히 안겨오네

지금 그대로

그리운 그대여
그대의 사랑을
소중히 간직해요

지금 그대로
변치 않을 그대이기에

시간은 흘러가지만
햇빛 같은 나날
그대로 의미를 담습니다

그대와의 고운 사랑
환한 등불 밝힙니다

지금 그대로의 그내가
기쁨이기 때문입니다

물망초

나를 잊지 마세요
그대 생각합니다

홀연히 떠난 빈자리에
사랑꽃을 심어 놓아요

반짝이는 달빛에 새초롬한 보랏빛
환상의 꽃으로 피어나
진실한 사랑으로 속삭여 줄
그대를 기다립니다

애절한 그리움 담은 신비한 비말은
보랏빛 꽃잎으로 양탄자를 수놓아요

어둠에서 작은 빛을 발하는
반딧불이라도 좋아요

향기를 품은 그대
꿈속이라도 기다립니다

나를 잊지 말아요

시는 나의 인생

찬 이슬 은은하게
가을밤 반짝이면
내 안에 커져 가는
무지개 환한 꿈들
가녀린 초승달 미소
보름달을 꿈꾼다

배부른 달빛 가득
속삭이는 행복
희망을 노래하라
그대 곁에 있나니
참사랑 나의 동반자
향기 나는 인생길

장미꽃 당신

불타는 내 사랑
달콤한 향기로
발길을 멈추게 한 당신은
속내를 숨기고 싶은
비밀 꽃봉오리
애교 넘치게 반쯤 열어
속을 보이네

활짝 핀 미소가
행여 꺾일까
시들어 애처로운 모습으로
위장을 하네

일편단심 애써 보지만
날카로운 가시로 무장하여
연약한 심장에
상처가 깊었다네

고혹한 그 향기로
유혹을 말았어야지
꺾이고 짓밟힌 아픔으로

서러운 눈물은
아름답게 피어나
우리의 붉은 사랑으로
그대의 마음 치유하네

장미꽃 당신은
평온을 데리고 올
용서와 평화라는 이름으로
곱게도 피어 있네

사랑의 씨앗

사랑과 용서의 무게가
시소 타고 저울질을 한다
낮게 더 낮은 평행선으로 내리고 싶다

썩어 고인 물
도랑을 쳐 흘려보내듯
내 마음속에 맑게 흐르는
개울을 놓아야겠다

깊은 상처로 쌓인 대못이
까만 멍이 되어 숨어있다면
다툼 앞에 용서를
오해 아닌 화해로 보듬어 보련다
바다처럼 포용하는 가슴에
도요새 마음으로 가벼이 날아 오르련다

사랑의 씨앗 하나 심어
청초한 들풀로
고혹한 향기 품은 금은화
인동초로 피어나리

귀한 종자로
거듭날 수 있다면…

불멸의 인연

슬픔의 눈물과 긴 방황 끝에
한 줄기 밝은 빛이 되어 준
인연의 끈

동심이 내어 준 희락이여

오랜 침묵 끝에 헤쳐나온
재회의 달콤한 시간

마주할 사랑과 용기를
내게 주었으니

우리 부대끼며 기대어
희망의 봄을 노래하자

내 사랑하는 소꿉친구들

아름다운 꿈

은빛 찬란한 물결 위에
고운 마음 심고
내일의 인생
새 희망을 엮는다

만학도의 야무진 꿈들
과하거나 모자라지도
그렇다고 무너지지도 않았다

강물 위에 흘러간 세월만큼
잔잔한 미소와 겸손으로
작은 기쁨에 큰 의미를 담는다
우리의 오늘 인연은
따뜻한 나눔이다

비워낸 욕심 위에
가득 한상 차린 우정
모서리 닳은 보름달처럼
세상 앞에 머리 숙여
천연히 살아가리
그 꿈을 영원히 간직한 채로

속삭임

밤하늘에 별빛이
예쁜 꽃잎을 수놓아
사계절의 화폭에 담습니다

어둠 속에 속삭이는
별들의 이야기가 들려옵니다

마음 눌림에 차갑게 남겨진
그리움의 흔적처럼
그대에게
쓸쓸하고 어두운 삶도
있었음을 말합니다

어떤 이야기로
내 삶의 화폭에
수를 놓을까요

반짝이는 별빛처럼
손짓하는 그대에게
고운 사랑의 속삭임으로
고요한 별밤의 행복을
청해 봅니다

참나리꽃의 품위

순결하여 고혹한 그대에게
달콤한 향기로
초콜릿 닮은 내 마음을 전합니다

자연의 우아한 실루엣을
아우르는 도도함에
찬바람은 숨죽여 찾아듭니다

그대의 고귀한 자태에
뭇시선은 노래하며 축복합니다

그대를 향한 사랑의 언약
아름드리 만개하여
미래를 환히 밝힙니다

참나리꽃을 사랑합니다
인생 정원의 붉은 정열로
진실한 꿈을 실은 한여름 날
구슬눈의 행복의 축제를 엽니다

인연

굽이진 오솔길에
밝은 햇살 찾아드네

사계절 고비마다
무지개 찾는 인생 항로

꿈꾸는 삶에
그리움 묻어두네

길 떠나는 나그네
너를 두고 헤매는
그 오솔길이네

작은 사랑 가지마다
꽃 피는 그대와 나
오솔길 낡은 사랑이 있네

해무 찾아 떠나는
낭만 여행길

오랜 침묵을 깨고
인연의 마음 그리네

아침 바다

넉넉한 마음으로
감싸주는 당신 있어
가슴 설레는 아침

은빛에 잠겨
고요한 평화를 주네
춤추는 잔물결
입맞춤으로 일렁이네

그대의 사랑
따뜻한 황금빛 환희
붉은 태양
삶의 열정으로
희망을 노래하네
사랑을 품어
새롭게 솟아나네

소생하는 아침 바다
그대는 늘 푸른
사랑이어라

산비둘기

삶의 고랑을 따라
바쁜 걸음 노곤하다
쉼을 찾아 산기슭에
젖은 날개를 접는다

외로운 저 달도 빛을 잃은
호젓한 가을 그림자

구우욱 꾸우욱
심장 녹이는 구슬픈 사연을
토해내는 산비둘기

홀로 임 찾는
그리움의 하소연

따뜻한 위로를 안고
혼자는 외로워서 둘이란다

골 깊은 낭떠러지
끝자락에 찾아든
평화의 안식이다

독립 유공자를 위한 진혼곡

겨레의 독립과 자유를 염원하는 태극기 품에 안고
민주의 활화산이 붉게 타오르듯
장엄한 꿈을 향한 그날의 뜨거운 역사는
겨레의 가슴에 살아있다

가슴에 품은 얼은
숭고한 구국 열사의 뜻 깊은 소망
간절한 외침이었다

절망 앞에 비굴하지 않는
절규의 함성 드높여라
대한독립만세!!

그 누가 죄수라 낙인 찍었던가
억울하고 애통한 탄식은
뼈마디에 흐른다

한이 서려 떠나지 못하는
망자의 혼령이 아직도 그림자로 남아 있다
흑암 속에 갇혀 전율의 파장이
썰물이 되어 휘몰아친다

죄수 복장이 아닌 고유의 한복 입은
열사의 위엄한 자태
승리의 빛나는 태양이어라
기품 있는 의병들의 당당한 기세는
자랑스러운 대한의 아들, 딸의 모습으로 살아 숨쉰다

제3부

오직 하나

생명의 전화

그늘진 생명을 어루만지는
보이지 않는 선
어둠의 절벽을
수호하는 목소리

견디기 힘든 아픈 마음에
곁에 사랑하는 누군가
삶을 저버리는 선택
유가족의 쉼터는
애절함과 통곡으로
세상 빛을 잠시 놓아버립니다

암울한 터널을
묵묵히 지킨 파수꾼의
헌신적인 희생이
절망과 슬픔을 위로하며 공존합니다

아픈 당신의 오뚝이 삶을
응원하는 생명의 전화
어둠을 밝히는 따뜻한 삶
빛나는 사랑의 음성입니다

빨간 모란이 피는 날

부귀영화를 닮아
부요하게 피었구나

너의 고귀한 영상으로
희망을 노래하리

신비의 고운 빛깔을 입어
멋진 화원을 밝히네

너를 향한 꽃 중의 꽃
행복한 미소가 언제일까

질투의 화신으로
모진 상처를 꺾어버렸네

고난으로 무너지니
검붉게 변해버린 눈물

욕망의 무지를
참회하는 이 시간

화염 속 붉은 화살이 되어
소리 없는 탄식으로 서럽게 운다

빨간 모란이 피는 날

오직 하나

어느 누구와
그 무엇과도
비교하면 안 되는

나만의 소중한
가치를 발견해요

아주 작은 것 일지라도
나만의 향기

이 세상
수억 만분의 일

오직 하나
나라는 사실입니다.

침묵을 깨고

작은 손 거친 마른 잎 되어
벌레 먹은 구멍이
벌건 손바닥에 송송 뚫렸다

분말 세제 화학물에
젖은 손이 물에 닿는 것 조차
쓰라린 아픔이여

추억이 되었던 그 머언 날

아픔의 통증은
양심과 인내를 가르치는
성장과 성숙의 촉진제였다

말 못 할 침묵에 갇혀
꺼내지 못한 하소연
잔여물로 남아있는 빛바랜 영상

어둠의 추억이 된 그때를
고요한 침묵을 깨고
가슴으로 꺼내어 본다

비 오는 날의 수채화

빗줄기와 속삭이며
친구가 되어
빙방울의 하모니
발걸음도 사뿐히

집 떠난 파란 잎
발 아래 밟혀
고향에 경치 좋은
푸른 산을 그려주고

빨간 꽃잎 꺾이어
애처로운 눈물인데
빗길 걷다 밟히니
진분홍 꽃즙으로
예쁜 꽃 한송이
수채화로 남겨주네

친구와 둘이서
화가의 열정 꿈꾸네

친구야 나누자

불멸의 인연 친구야
희로애락의 인생을 나누자

슬픔과 고뇌
홀로 이겨내기엔
가파른 언덕이지만
나누면 정녕 작아져
가벼워진다네

우리 서로 따뜻한
봄을 심어주고
가을을 거두는 삶
기억하자

삶이 다 하는 날
그 순간에도 추억을 나누며
하얀 이 드러내 웃을 수 있도록
그리움으로 영원하자

지금 이대로
언제까지나

희망가

독버섯 같은
성난 세포를 이기지 못해
흑암으로 변해가는
서글픈 몸과 마음
서러움에 진한 눈물
심연에 젖어들어
가슴으로 통곡하네

유연한 삶의 일상
소통이 부족했나
소홀이 불러오는
커다란 무게의 결과
그대여 새 희망을
가꾸고 노래하라

누구에게나 주어진
한낮의 따사로운
고운 빛 햇살처럼
그대의 뜨거운
심장이 피어나기를
간절히 소망한다네

화창한 봄날의 희망봉에
빠알간 깃발을
꽂을 수 있도록

자연의 섭리

끝없이 펼쳐지는 세상사
수많은 사연들

만물의 소생은
소리 없이 사라지고 또 깨어나네

고독의 외로움을 달래느라
밤하늘에 별은
그리움과 사랑을 속삭인다

오묘한 가을 단풍은
고통의 눈물을 대신하려
위로의 빗물을 포근한 사랑으로 감싼다

신비의 하얀 눈은
세찬 비바람과 눈보라 이겨내고
또 한 번의 폭풍우를 만나도
새 희망을 얻는다

초록빛 파아란
세상을 만날 수 있으니

사랑하는 사람아

사랑하는 사람아
그대와 나는
존재의 목적을 실현하는
사랑의 하모니요
삶의 동반자라네

자연의 섭리 앞에
숭고함을 기리며
깨달음으로
삶의 순응을
배우라 하네

무지의 베일 속에
숨겨진 이해관계의 방황으로
참회의 시간을 가지라 하네

준비된 행복을 위해
한 뼘 더 고독한 성장을 하라 하네

질경이의 삶

지천에서 푸성귀로
수줍게 자라
밟히고 또 밟혀도
다시 일어서는 너

자갈돌에 눌려
허리 꺾여 아파도
귀한 발자취 남기려
말없이 웃고 있구나

누구도 알아주지 않는
힘겨운 꽃 피우려
질기도록 힘줄 당기며
애쓰는 너

누구를 위한 희생인가
소리 없이 견디고 있구나

초록빛 끌어안고
그래 그래
함께 웃는 너

우리 다시 태어나
힘껏 일어나 보자

풍상고초(風霜苦楚)

빛과 어둠의 간극에
여린 초록빛과
고운 꽃잎은
아픈 사연이 없었을까

고통의 시간을 헤치고
찬 이슬 덥혀도
알알이 영글어 이겨내는
뿌리 깊은 너의 모습

까칠하게 목을 넘기는
고난의 텅 빈 자리가
거룩한 너를 품는다

그럴 수 있어서 좋아

네가 나일 수 없고
내가 너일 수 없지만
네 마음을
읽을 수 있기에
잠시도
잊을 수가 없다

네가 내 마음을 읽어
나를 찾아주기에
가벼이
희망길을 걷는다

사랑하는 친구야
너와 나
인고의 삶의
씁쓸한 맛을 알지

동심에서 느끼던
너의 향기가 내 코끝에
매달려 있어

너를 떠올리며
그리울 때
기쁠 때 슬플 때
언제든
달려갈 수 있어

우리 그럴 수 있어서
너무 좋아
너를
꺼내 볼 수 있어서~~

감동

무디어진 마음에
하늘을 우러러
움직이게 하는 한 마디
– 최고점 1등, 유일합니다
–감동했습니다

어둠을 헤치는
희망찬 밝음이
2024년 12월 25일
벅찬 성탄 메시지로 날아왔다

눈물어린 감동의 희열
뜻밖에도 상상을 초월하여
나를 세워주는
값진 감사와 사랑에 감격한다

내 인생의 한 페이지를 장식하는
곱디고운 꽃과 나빌레라

나비

어둠을 뚫고
삶의 화려한 날개를 펼친다
나만의 생존 비행을 알린다

먹이를 쫓고 향기를 찾아
우아한 날갯짓으로
나풀거리는 행복을 꿈꾼다

어여쁜 꽃을 사랑하는 설렘
웃음꽃 피는 세상의 나비로
자유로운 영혼을 갈망한다

바다에게

너에게서 얻는 위안은
나의 파란 나침반

자유로운
밤하늘에 별이 되어
윤슬에 머물게 하네

성난 파도 앞에
잔잔한 바람으로
사랑의 하모니를
노래하는 너에게
남모를 아픔 있어 울었으리라

파도여
바닷가의 사연을 실어
넓은 세상에
푸른 빛으로 채워주오

고독한 바닷가의
추억을 담아
더 푸르게 노래하리

바위섬의 찬가

너와 함께
내가 서 있는 자리
노래하는 새들이 모여
평화의 삶을 축복하네

침묵으로 우뚝 선
고결한 바위섬

고독을 안아주는 푸른 숲과
이름 모를 들꽃의 향기는
세상 풍파에 실려오는
성난 파도 앞에
편히 쉬라 손짓하네

어둠을 밝히는 달빛 아래
고요히 머리 숙인 거친 풍랑

순전한 파란 마음을
소리 없이 선물하네

알바트로스의 삶

두 팔을 벌려
저 높은 창공을 가른다

목적의 삶을 향한
순환적인 숭고한 비행은
목마름에 반짝이는
강렬한 눈빛이다

관능을 포용하는
활공의 날개 안에
삶의 멀고 먼
하늘빛 여로를 품는다

오랜 침묵을 깨고
변치 않는 사랑의 행복을 찾아
만년해로의 둥지를 엮는다

너와 나의 보물 창고

모자람을 채워주고
부족함을 덮어주고
함께 함을 안아주고
사랑함을 느껴주고
그릇됨을 알게 하고

남모르는 모든 것을
가득 담는 비밀창고
변함없는 보물창고
아낌없이 감사하네

글을 쓰세요

시가 아니면 어때요
그냥 써 보세요 괜찮아요

잠시라도 그 고통
놓을 수 있어요

내 맘에 시가 되고
노래가 되어
나를 세워주세요

눈물이 떨어져
글자를 지워 버리면
얼룩진 종이가
하얀 나비가 되지요.

내 맘을 기억해 주세요.
그 고통 덜어버리고
힘을 얻는 위로가 되면 참 좋겠어요
꼭 그러길 바래요

큰 희망이 될겁니다
힘을 내세요 꼭!
약속해요

상념

저 먼 안갯빛 속에
감추어진 그리움이
그윽이 젖어온다

붉어진 석양에
간절한 보고픔이
살며시 다가온다

수평선 멀리
뼈아픈 죄책감이
파도처럼 밀려온다

마음속 깊은 곳에
숨어있는 애타는 사랑
가슴이 아려온다

꺼내지 못 한
무언의 시간들은 조금씩
나를 키우고 세운다

인생길

밝음의 이면에 어둠도 있음을
알려주는 햇빛
온 누리 공정하게
평등한 생명을 부여하는 공기
담기는 모양대로
낮은 자리로만 흐르는 물처럼
유연히 살라 하네

마음과 눈과 입으로
익혀가는 삶의 여정에
일어나는 모든 순간들이
원동력이라 하네

자신을 내세우지 않고
다 내어주는 그대가 있어
내 모든 양분이었음을
감사히 깨닫게 하네

하나님 주신 큰 선물
거저 주심을 잊고 살아가는 희로애락의 인생길

피할 수 없는 흙으로 돌아갈
본향길이라 하네

제4부

나만의 향기

해당화가 피는 날

가녀린 꽃잎이
행여나 마를까 봐
떠나 버린 미소가
눈부시게 피었구나

탐내어 꺾더니만
사랑과 이별의 교차
가지마다 가시 돋힌
원망의 그루터기

고혼의 그리움을
달래주려나
온화한 향기 담아
꽃소식 전하려나

연민의 애간장 타는
너와 나의 참사랑
진한 향기를 담은
붉은 해당화가 피었네

그리움(1)

가냘픈 풀벌레 소리
고요를 깨워 잠을 설친다

고운 정 안고 다독거리는 밤
서리맞은 가을 속으로
진한 그리움 스며든다

영락없이 안겨준 오늘 밤
어디선가 스산한
가을 바람 불어온다

그대 그리움
포근히 안아본다

설움으로 피는 꽃

맑은 여름 날에
무명꽃이 탄생한다
조금 전 내린 비가
눈물꽃으로 피었다

네가 따나고
푸른잎 사이
신비롭게 매달린
이름 모를 꽃

하늘 사이에 걸려
떠나지 못한 설움에
내리지도 오르지도 못한다

꽃이 되고 싶었던 네가
거미줄에 걸린
구슬꽃으로 흐른다

이름 모를 무명꽃이라도
꽃을 피어라
잠시 후면 사라질
그 꽃일지라도...

그리움(3)

햇살 고른 창가에서
허공만 바라본다

고요히 부르고픈
그 이름 목이 메어
차마 부르지 못해

잠시 고른 숨 내쉬고
다시 불러본다

남겨진 그리움에 묻혀
잊을 수 없는 독백

내 눈에 눈물 고인 채
끝내 주저앉는다

흔적에 떠도는
애정의 갈망에서
그 이름 되뇌이는
앵무새가 되어
원 없이 소리 내어
불러보련다

그리운 내 사랑
나의 그리움

수채화를 그리며

지난날의
슬프고 아팠던 고통의 시간

어둠에 잠긴 빈자리에
들꽃의 애환을 담아
이렇게 백지 위에 그린다

꽃과 잎사귀는 함께 했던 우리의 삶
의지의 꽃들로 승화시켜
다시 한번 친구로 불러낸다

못다 채운 애잔한 그리움의 향기가
퇴색하는 그날까지
고귀한 너를 진종일 어루만져보는
화원의 향연

오롯이 그리움에 빠져
곱게 채워 보니
정성에 발목 잡혀 못 떠난다

화심의 뜨락에서
꼬옥 안고 서성거린다

잔상으로 남은 임이여

꿈속에서 누군가
부르는 소리가 들린다
자욱한 안개 숲에 숨어
새벽이면 사라져간
너를 찾는다

못다 한 애정이
꿈에도 한이 서려
밤꽃 사랑으로
포근히 감싸준다

어두운 숲에 말없이
눈물만 숨기고
떠나는 너에게
연민의 보상을
끈질기게 전하려는 꿈길

찬이슬 내린 숲속에
숨어 놀다 간 너의 흔적을
사랑으로 어찌 메울까

바람의 언덕

따스한 바람결이
참으로 눈부시다
아지랑이 입맞춤으로
생명의 연록잎은 흔들리고
어여쁜 꽃잎 미소 짓는다

봄바람에 춤추는 내 마음 세레나데
핑크빛 물결 따라 우아한 모습으로
흐드러지게 기지개 켠다

사랑이 꽃피는 언덕에
쉼 얻는 꽃바람은 불고
봄날의 언덕에 로망스는 피어난다

너와 나 꿈꾸는 행복
꿈을 꾸는 봄꽃 한마당

무궁화호에서

긴 여정을 끌고
서로 만나지 못하는 비운의 철길
외로운 길을 감내한다

열차에 오르고 내리기를
반복하는 사람들

갈 곳을 알려
레일 위에 몸을 맡기고
밝은 미소로
평안을 얻는다

빠르지도 느리지도 않는
기차와 긴 시간을 공존하며
오롯이 나를 위해
영화 같은 풍경과
여유를 즐긴다

시를 쓰고 글을 읽는다
푸른 산천을 끼고 돌며
쪽잠을 잔다

좀 더 깊은 낭만의 시간을 낚는다

오늘을 환산해 보는 시간
오늘은 값지다

한 인생이 삶을 마치고
본향으로 가는 그 길을
배웅하고 오는 길

삶과 죽음 앞에
많은 것을 담는 시간
가치를 엮는다

무궁화호에서 얻는다

후회

사랑해
고마워
미안해

내 마음 전할 수 있으면 좋겠어
어렵지 않은 이 한마디를 몰라
그리도 아꼈을까

전하고 싶은 이 마음
핑계였기에
부끄러운 민낯

빈자리에서
이제야 느끼는 걸까

떠나간 후
새삼 찾으려 해서 더 아프다

내 사랑의 마음
꺼내어 후회없이
전했어야지

붉은 낙엽

윙크하는 아가 손
무지갯빛 변신을
꿈꾸며 노래합니다

목마른 갈증을 벗으려
큰 꿈을 저 멀리 창공에 띄워
뜬눈으로 삶을 찾습니다

가슴 졸이던 세상사
그럼에도 아직 떠남은 서러워
안간힘으로 매달린 붉은 잎새

바람 앞에 버티는
삶의 끝자락인 줄
아뿔싸 미처 몰랐네
원초적 근원이자
생명의 시작인 것을

삶을 다한 검붉은 낙엽
붉은 미소로
고요히 잠이 듭니다

회상

푸른색을 잃어가는
너를 보며
고운 꽃을 피워낼 줄
알았었지

노랗게 변해가는 순간들이
삶을 노래했어

예쁜 마음
키워가는 줄 알았던
어느 날
화려한 모습으로
빨갛게
얼굴 붉히며 스러지네

소리없이
그 토록 아쉽게
떠나갈 줄
미처 몰랐구나

함께 했던

지난 시간들
너와의
짧은 추억인 것을

소리 없는 눈물

삶의 끝자락
생의 뒤안길에서
허무를 건네는 눈망울
초점없는 절망의 고독
– 내가 이렇게 됐다
희미한 탄식의 한 마디

소리 없는
회한의 눈물이
머리카락을 타고
어둠 속으로 숨는다

누군들
이 허무를 비켜 갈 수 있으랴만
제 가슴도 너무 아파
몹시 아리다

어느 짧은 인생

푸른 잎 애석하게
어디로 앗아갈까
뜨거운 정열의 피
청춘은 뜨거워라
푸르디푸른 인생의
생존 유혹 빛난다

악인의 검은 계획
섭리의 모순 찬양
비운의 풍운아로
무너져 내린 곳에
붙잡힌 마루타 되어
미끌거린 그 암흑

어두운 동굴에서
날벼락 천둥 치고
어둠이 변하여서
갈 곳을 잃은 아픔
때아닌 찬바람 타고
하얀 눈만 내리네

인고의 삶

흐려진 서글픈 눈빛
허공을 헤맨다

가쁜 숨 몰아쉬는
한 가닥 희미한 호흡
고요히 무너진다

몸뚱어리 무게조차
느끼지 못한 허무한 삶
초월적인 인고의 애증

힘없이 흘러내린
그 눈물은 참회런가
마지막 생의 흔적
회심의 뒤안길인가

손끝에 떨림으로
마지막을 하직한다

화영

그리움이 사무치면
혹여 너를 만날까
꿈속으로 간다

어둠이 이끌어내는
적막속에 갇혀
한줄기 빛이라도
너의 모습이기를 기다린다

잃어버린 나를
머물게 하는 눈물이
향긋한 너를 그린다

그렇게
사무지는 그리움으로
또 내일을 기다린다

환영

그날의 따스한 사랑이
살바람 결에 흩어질 때
화사한 복사꽃을
기다리는 심정이어라

시야에서
멀어진 그 모습
애처로이 창백하다

보일 듯 보이지 않는
너의 미영

소슬바람이 다가서
비틀거리는
쓸쓸한 밤을
함께 지새운다

아스라이 사라지는
너의 그림자
이슬 따라 우는
하얀 눈물

서른세 번의 종소리

한 해가 떠나고
새해를 맞이하는
희망의 여정을 설계한다

무한한 꿈을 꾸는자
삶의 방향키를 움켜쥔다

새해여 오라
내 생애 빛나는
별빛 같은 환희로

청아한 서른 세번의
엄숙한 마음 울림에
평안의 행복을 염원한다

무안 비행기 사고
희생자의 묵념에 이어진 종소리
슬픔으로 가득한
가슴 무너짐의 메아리가 되어
긴 여운으로 고요하다

아쉬운 이별

하늘하늘
샤방샤방 빛나는 핑크 뮬리
뽀오얀
환희의 빛남이여
가녀린 천연 핑크빛

사랑의 설렘이
수줍어 일렁일 때
행여 세찬 비바람이 칠까
노심초사하였구나

사랑했어요
그대 떠난 빈자리
무엇으로 채울까
마음만으로 채우기에
못내 아쉬운 이별

치유

아파 보지 않고
참사랑을 모르리

아픔을 모르고
타인의 아픔을
보듬을 수 없으리

아픔 없이
행복의 안정을
알 리가 없어라
진한 아픔은
치유를 얻는
유익의 성장통이었네

사랑이 있는 곳에
참 평안을 누리는
치유의 안식처라네

전하지 못한 이야기

사랑한다
전하지 못하고
떠나는 너에게
내 마음과 손길을
더 할 수 없음에
마음이 아파온다

언제나 웃어주는
너로 인해
천 년같은 행복의
삶이었노라
말하지 못했다

너무 당연해
미처 전하지 못했음을
가슴 무너진 아픔이다
떠난 뒤
흘리는 눈물로 대신하여
너무 미안한 마음 전한다

죽을 만큼 아프다는 것을

이제서야 알게 된다
사랑했음을 전하고싶다

너 없이 가슴에 남겨진
너무나 많은
이야기 어떡하나

※ 무안 제주항공 참사 유가족의 심정을 위로하며

제5부

삶은 그리움

사색

고요한 밤 하늘에
별빛이 속삭인다

긴 여운 남긴 채
떠나버린 그림자

허공을 가득 메운
그 속삭임

잿빛 골짜기에
고요히 내리는 사색

땅 기운에 남겨진
지난 겨울의 흔적

서릿발 무너지는 소리
청초하다

봄의 소리 들려온다

봄 눈꽃

하얀 눈 멀리가다
되돌아오는가 보다

촉촉한 봄비로 내리다가
커다란 함박눈으로 다시 오네

아직 떠나기 싫어
머뭇거리는 미련이런가

그래~ 그래
아직 더 보고 싶었겠지

온 세상 설경으로
화려한 변신을 꿈꾸는 너

너는 봄의 눈꽃이야

진달래꽃

화창한 봄날
발길이 머무는 곳
핑크빛 요염한 자태로
꽃잎 환하게 웃어 보인다

활짝 피어 기다려 준
너에게 애무를 하면
눈길 따라 앙큼하게
애교가 넘친 진달래의 몸짓

비탈진 기슭을 돌아
뿌리내린 너는
누가 불러 여기에 찾아왔는가

네가 없는 언덕이었다면
나리도 피어나지 못했을 덴데

봄날의 푸른 뜨락
이 언덕에서
올해도 어김없이
너를 불러본다

오늘

지난밤 뜬 눈으로
미명을 맞이한다

새벽에 이슬 따라
운무의 메아리

한적한 오솔길에
봄기운을 마신다

만물에 공정하게 주어진
오늘의 기회
또다시 맞이한 새 아침이다

어둠 뚫고 목청껏
개구리 노래한다

새롭게 가슴 울리는
희망의 단초
아픔과 아쉬움 사라져
순백으로 채운다

여명의 밝은 빛
끌어안고
다시 태어난다

오늘을 위하여!

평안

사신으로 온
지구의 봄아
내 곁에 머물러
온 세상 푸른 광채로
옷을 입혀 다오

너의 근본인
화평의 씨앗을 뿌려
사랑의 평화를 안겨주오

세상의 악은 사라지고
어둠은 물러가네

차가운 빙설을 떠나
봄은 어느새
사랑스러운 평화를 데리고
따뜻한 봄바람으로
손짓하네

뭉게구름 솜사탕
달콤한 평안을 안고~

희망

생을 다한 듯
앙상한 가지끝에 매달린
작은 마른 잎새 하나
그렇게 삶은 저물어 간다

측은한 마음으로
재어본다

거센 눈보라를 이겨내고
어둠에서 헤쳐나온
푸른 잎 하나 예쁘다
초록으로 입술 내민다

봄은 그렇게 희망을 안고
어김없이 찾아온다

나의 봄이여
무엇을 희망하는가

여름 축제

진흙탕에 묻힌
고통의 시간
깊은 어둠을 헤치고
피어난 한 송이
고혹한 자태

꽃이 피기 위해
그리도 매서웠나 보다
우아한 신비를 지닌 수련
화사하게 눈맞춤한다

따뜻한 품이 좋아
연못에 사노라니
그저 천생연분으로
아리랑 춤을 춘다

그 고통 위에 곱게 피어난
수련의 여름 축제
뜨거운 햇살 아래
찬란하게 빛난다

가을 소리

날개 잃은 너는 능선에 남아
나직한 하소연을 한다

지난 계절 뽐내던 참나무
어느새 색색옷 입었구나

싸늘한 바람결에 내려앉은 소리는
어둠의 품으로 묻혀갈 여정이다

이 낙엽 밟힐까 사뿐히 멈출 듯
가을의 하모니를 끌어 모은다

들국화 인생

가지가지 고운 빛깔로
가을의 축복을 노래한다

작은 풀잎이라도 밟힐까
애가 타고
스치는 바람에 넘어질까
내 마음 아린다

산들바람에 춤을 추지만
빙설에 사라질까 울면서
애타는 마음 간직한 채
겨울잠을 재촉한다

폭풍 한설 어둠을 지나
그리움 찾아 다시 온다
초록 풀빛을 웃음으로 반기자

그대는 새로이
새벽안개처럼
피어날 들국화이어라

가을밤 하늘의 연가

어둠에서 빛나는
황홀한 별빛 따라
눈맞춤으로
보고픈 맘 전하네

가을밤의 망초꽃
찾는 이 하나 없는
애틋한 기다림에
밤하늘 그대를 찾아
그리움을 그리네

짧은 행복
긴 그리움이여

내일 또 만나요
오늘도 나눈 인사
안녕을 기원하네

별밤의 천년 사랑
그대를 향한 그리움
밤마다 이별이라네

가을 그리움

마른 잎 바스락하는
정겨운 속삭임으로
스산한 갈바람이 소곤대는
유혹의 계절

가을의 고즈넉한 숲속에
갈색 향기 가득한
오색 단풍이라네

그대 곁으로 날갯짓하며
날아가는 고추잠자리

기다려 주는 그대가 있어
가쁜 숨결
설레는 마음

따뜻한 가슴에
그 사랑 차곡히 쌓아가네

먼 훗날 살포시
꺼내볼 수 있도록

석류

푸르던 잎 낙엽이 진 후
가녀린 마른 가지에서
그대 사랑 기다리네

찬 서리 맞으며
밤하늘 별을 따다
반짝이는 별빛으로
꼬옥 꼭 숨어있네

가을 햇살 눈부실 때
빨갛게 고운 물 들어
그대 사랑 잊을까
진한 그리움으로
고개 숙이네

빙어리 냉가슴
터지기 전에
고독한 그리움으로
떠나기 전에
향기로운 그대를
쓸쓸히 기다리네

은행나무의 하소연

사랑의 행복을 알고
마주 보는 우리
수수께끼 같은 삶의 순간들

파랑새 아가 손
동심에서 노을길
황혼을 물들이네

차라리 사라져야 할
그 향기에 지쳐
떠나버린 당신
이내 가슴 아픈 사랑이여

결실 없는 꽃이 어디 있으랴
만추를 즐기는 풍요함

열매의 결실
황금 사랑을 선물하네
사랑하는 당신께

가을비

초연한 삶의 한 자락 끝에
머무는 쓰디쓴 아픔

깊은 밤 속삭이는 가을비가
미지의 운명 앞에서
추억을 어루만진다

공허한 만추의 풍경 속에
임 그리는 갈색 향기로
진한 그리움 가득하다

곱게 물들었건만
달래지 못하는 내 가슴
심장의 박동 소리
빨간 초침이 되어 흐른다

가을바람에
낯선 능선으로 날아갈
붉은 낙엽을 가슴에 안고
눈물처럼 흘러간다

가을 사랑

보호해 주고 싶은
그의 눈빛

누군가로부터
상처를 입었을까
행여나 아파
떠나지 않았을까

지켜주고 싶은
진실한 마음으로
영혼의 맑음을
간직한 참사랑
영롱한 눈망울로
고요히 품에 안기네

투명한 시냇물 따라
때를 맞추어
오색 단풍으로
다시 피어난 여신
여운이 깃든
잔잔한 울림으로

속삭이는 사랑

청아한 풍경 소리
아득히 먼 곳에서
때늦은 가을빛에
은은하게 들려오네

허수아비

그대 떠난 빈자리에
초라한 들녘 쓸쓸하다
빛바랜 낡은 고독은
기약을 져버리고
둥지 찾아 떠나가네

뭇새들 짝을 지어
나누는 가을 사랑
창공에 꿈을 실어
행복 연을 띄우고

외로운 꼭두각시
우두커니 홀로 서서
전하지 못한 말 한마디
내 사랑 언제일까

찢겨버린 상처가
바람 따라 떠도는
나그네 신세
차가운 허공을
허수아비처럼 서 있네

다람쥐의 삶

마른 가지 오르다 꺾이니
낙엽 위에 사뿐히 내려앉고

깊은 가을 바쁜 걸음
꼬리가 버겁도록
욕심껏 주워 담는다

하얀 겨울을 준비하는
빛나는 동공은
멀어진 그대를 찾는 눈동자
두 손을 비벼 아픔을 달래네

가쁜 숨 몰아쉬며
잠시도 쉬지 않는 삶
바깥세상 궁금해
겨울잠도 설치네

겨울나무의 기다림

빛을 잃은 어둠 속에
눈꽃 피어난 빙설의 골짜기

곁을 떠난 흔적이
하얀 그리움으로 남는다

앙상하게 초라해진
안타까운 임의 모습
감추어진 밀어가
퇴색할까 두렵다

까맣게 타 버린 그 심정
애타게 기다리는 임의 마음

따뜻하고 고운 사랑
언제쯤 입혀질까

매서운 눈보라는
차가운 얼음처럼
내 마음을 알 리 없다

첫 만남

황홀하게 나부끼는
그대에게서
미소 가득한 환희를 보았지

하얀 그리움을 풀어
온 세상 청아하게
가득 채운 그대

어두운 밤 헐벗은 가지에
하얗게 내려앉아
별빛처럼 영롱한 은빛을 머금는다

새하얀 천사 옷을 입어
방울방울 황홀한
다이아몬드로 빛난다

그대가 보석인 줄 이제 알았지
사랑스러운 그대와 나
첫 만남인 거야

참 보석인 그대는
나의 눈부신 사랑

눈 내리는 한강의 아침 풍경

고즈넉한 한강의 유리 거울 위로
사뿐히 날리는 하얀 그리움

눈꽃과 만나 활짝 핀 춤사위로
낭만의 겨울을 노래한다

하얀 빙설의 축제 속에
소리없는 겨울의 로맨틱 피날레

설경의 한강의 로맨스여
봄날을 손짓하는 축복의 향연이어라

눈으로 보는 시, 머리로 생각하는 시
– 임경숙 시집 『초승달 미소 보름달을 꿈꾼다』

최 봉 희(시조시인, 평론가, 글벗 편집주간)

시는 왜 쓰는가?

각종 문학 모임이나 강연에 참가할 때마다 자주 등장하는 질문이다. 그때마다 나는 이렇게 대답한다.

"그저, 나를 위해서 시를 씁니다."

그러면 나는 다시 이렇게 되물어 질문한다.

"언제 제일 행복하신가요?"

그때마다 대답은 각각 다르다. 종종 어떤 시인들은 "시를 쓸 때가 가장 행복하지요."라고 말한다. 왜냐고 물었더니 "자신을 성찰하니 성장하는 밑거름이 됩니다."라고 답한다.

나 역시 그 말에 공감한다. 시는 소리를 내어 계속 읽으면 음악처럼 저절로 소리의 장단이 생긴다. 소리의 높고 낮음을 만날 수 있다. 특히 시의 언어가 품고 있는 속성인 기분, 연상, 암시, 색채, 상상 등이 그것이다. 이 모두가 결합하여 음악성을 만든다. 시는 내용과 감정을 떼려야 뗄 수 없는 관계에서 미적 감정을 만든다. 그리고 우리의 마음을 두드린다. 고인이 되신 성기조 시인은 이를 '내용 감정'이라고 말한 바 있다.

다시 말해, 시는 음악만이 가지는 '형식 감정'도 있지만 문자를 통해서 음악과 불가분의 관계를 이룬다. 물론 시는 '내용 감정'까지 지닌다.

필자는 글벗문학회 회장으로서 27년간 활동하면서 많은 시인을 만났다. 특별히 시를 통해 바른 인성을 지닌 행복한 시인도 만날 수 있었다. 그 시인 중에 한 분이 다름 아닌 임경숙 시인이다.

임경숙 시인은 전남 보성 출신이다. 2024년 시 부문으로 제25회 계간 글벗 신인문학상을 받고 등단했다. 등단한 후에 매일 끊임없이 시를 쓰고 있다. 배움에도 열정적인 작가다. 현재 서울문화예술대학교에 재학 중인 학생이다.

계간 글벗 신인문학상 등단자에게 주어지는 저서 출간 지원프로젝트에 참여했다. 금번에 첫 번째 시집을 출간한다. 첫 시집 『초승달 미소 보름달을 꿈꾼다』을 정독, 그의 시적 경향을 살펴보았다.

삶의 열정을 노래한 시, 그리운 부모님을 떠올리면서 쓴 시, 고향의 아름다움을 그린 시 등이 그것이다.

첫째, 열정의 삶을 살아가면서 느낀 감성을 그린 시 작품을 살펴보자.

넉넉한 마음으로
감싸주는 당신 있어
가슴 설레는 아침

은빛에 잠겨
고요한 평화를 주네
춤추는 잔물결
입맞춤으로 일렁이네

그대의 사랑
따뜻한 황금빛 환희
붉은 태양
삶의 열정으로
희망을 노래하네
사랑을 품어
새롭게 솟아나네

소생하는 아침 바다
그대는 늘 푸른
사랑이어라
- 시 「아침바다」 전문

사랑하는 이가 있다면 아침은 행복하다. 더욱이 바다가
펼쳐진 아름다운 자연이 있다면 그 삶은 행복하다. 사랑을
품어 새로운 하루가 열리는 아침, 삶의 열정으로 희망을
적는 시인의 삶이 엿보인다.

빗줄기와 속삭이며
친구가 되어
빙방울의 하모니

발걸음도 사뿐히

집 떠난 파란 잎
발 아래 밟혀
고향에 경치 좋은
푸른 산을 그려주고

빨간 꽃잎 꺾이어
애처로운 눈물인데
빗길 걷다 밟히니
진분홍 꽃즙으로
예쁜 꽃 한 송이
수채화로 남겨주네

친구와 둘이서
화가의 열정 꿈꾸네
– 시 「비 오는 날의 수채화」 전문

시인은 말글로 그림을 그리고 화가는 그림으로 시를 쓴다. 비 오는 날에 시인은 화가가 되어 고향의 풍경을 그린다. 마치 빗물이 물감인 양 자신의 걷는 발길마다 자연의 그림을 열정으로 그리는 것이다. 마침내 고향의 푸른 산을 그리고 붉은 꽃이 핀 풍경을 수채화로 완성한다.

둘째 부모님에 대한 그리움과 사랑을 그리는 작품, 특히. '어머니'라는 어휘가 49회 등장할 만큼 어머니에 대한 추억과 그리움을 적었다.

초야를 벗 삼은
잔잔한 미소
그 안에 철없던
우리가 있었다

성장하며 보낸
몽매의 시간은
못을 박는 목수가 아닌
작은 응석받이

보답 못 한 뉘우침에
무척 그리워지는 날
저 하늘에 걸려있는
가슴에 큰 별 하나

사랑하는 어머니
나의 어머니
– 시 「어머니(1)」 전문

 시인의 어머니는 십 남매를 키우시는 농사꾼이셨다. 가뭄
에 갈라진 논바닥에서 일하시는 어머니의 모습을 보면서
무지몽매한 응석받이로 살아온 모습을 회상하면 뉘우침으
로 쓴 시다. 그에게 비친 어머니의 모습은 '하늘에 걸려있
는 가슴에 큰 별'이었다. 그뿐만이 아니다. 어머니의 모습
으로 투영된 다른 시 작품을 살펴보자.

천연히 피어나
참 곱기도하지

그 향기
숨을 멎게 하네

코를 묻고
눈을 감아도

지금도
그 향내가 나네

그립다
찔레꽃 닮은 내 어머니
— 시 「찔레꽃」 전문

시인의 심상에 비친 어머니의 모습은 찔레꽃의 모습이다.
언제나 어머니의 향기는 시인의 가슴을 멎게 할 정도다.
오래도록 향긋한 내음의 어머니를 그리움으로 기억한다.
하지만 어머니의 삶은 헌신과 희생이 뒤따른 삶으로 아픔
을 인내하고 탄식하면서 운명을 숙명으로 받아들이는 삶이
었다. 어머니는 열심히 농사꾼의 삶을 살면서 그 모든 운
명을 밭이랑에 묻고 있다고 말한다.

가뭄에 갈라진 논바닥에
핏빛으로 물들인 어머니의 발뒤꿈치

벗겨진 버선발이 눈에 들켰다

허리 휜 가을볕이
겨울을 보듬고 위로해도
숙연했던 십 남매는 불효의 응석받이

철없이 눈에 비친 엄마의 한(恨)
아픔을 인내하고 탄식하는 운명이여
숙명으로 밭이랑에 잠재운다
― 시 「어머니(2)」 전문

이제 시인은 어머니의 모습을 꽃잎에 촉촉한 눈물을 간직
한 안개꽃으로 기억한다. 한시도 어머니의 모습을 잊지 못
하고 안개꽃을 보면 언제나 그리움에 사무친다. 자녀를 위
한 어머니의 헌신과 고초, 남다른 희생이란 사랑이 있었기
에 자신이 있다는 사실을 깨닫는다.

이슬 품은 잿빛 골짜기
운무에 젖은 고운 햇살
철 따라 희생을 초야에 묻는다

소리 없이 상처 난
어머니의 모진 희생
다 피지 못한 채 낙화하여 묻힌다

자식 소망 빌고 빌어

정성 담은 금향로
애잔한 안개꽃 사랑이다

꽃잎에 촉촉한 눈물
안개꽃은 감출까

차가운 서릿발로
서려 있는 계절에
언제까지나 몹시 그리운 날

가슴에 안아보는
초롱초롱한 안개꽃 어머니
- 시 「안개꽃 어머니」 전문

　하지만 부모의 삶은 자식들에게 '삶의 등불'임에 틀림없
다. 따사로운 정이 자녀의 온몸에 서려 있는 것이다.
　임경숙 시인의 시에는 대상에 대한 선명한 이미지로 투영
하는 강점이 있다. 부모님의 모습도 그렇게 이미지에 충실
한 시 창작으로 독자들에게 감동을 주고 있다.
　임경숙 시인의 시는 에즈라 파운드(Ezra pound)가 말한,
'눈으로 보는 시, 머리로 생각한 시'라고 말할 수 있겠다.
이미지즘에 충실한 시라고 평가할 수 있다.

따사로이
애정이 어린 손길
머리칼에 스며 있다

그 손끝에
철학과 신념을 담아
어린 딸에게 전했다

사랑과 겸손
진실과 배려
양심과 도덕의
지침을 쓰다듬는다
내 삶의 등불
치세의 지침서를

아침마다
정갈한 머리카락
빗질에 힘을 실어
인생행로의
양분을 채우셨던
그리운 아버지의 손길
— 시 「내 삶의 등불」 전문

아버지의 사랑은 처세의 지침서를 따뜻한 손길로 인생 항로에 양분으로 채워주셨다. 그 그리운 감동을 시인은 '삶의 등불'로 기억한다. 이 시에서도 주목할 수 있는 것은 이미지는 시각적인 것만이 아니라는 사실이다. 그 심상은 청각, 취각, 미각, 촉각적인 것 등이 얽히고설켜서 만들어진다. 은유, 직유, 그 외의 수사적 현상이 어우러져 멋진 시상이 구현되는 것이다.

아련히 멀어져간 그 추억
유수 같은 세월이 덧없어라

어린 소녀의 천진난만한 시절
아버지의 꽃 사랑입니다

화롯불에 단단한 대나무 뿌리 꽂아
긴 머리 말아 양 갈래 곱게 리본 달아 주면
사뿐 걸음 좋아라

엄마도 웃음꽃
행복한 아버지 얼굴

꽃이 좋아 모란꽃, 장미향 가득한
그리운 여름날이여
능소화 담장을 장식하고
온갖 사철꽃을 피워내신 아버지
열 자식 모두 진한 사랑입니다

손끝에 사랑을 담아
노리개처럼 만져주신
딸의 긴 머리카락 회색 하얀색
조금씩 물들어가고
지극 사랑 아버지 손길
온기로 전해 옵니다

오늘도 생각나서

전하지 못한 노래로
불러보는 그리운 아버지
"사랑합니다."
  – 시 「아버지의 사랑」

이 시에서 보는 것처럼 아버지의 사랑은 온갖 사철의 꽃을 피워내신 사랑이다. 열 명의 자녀를 키워내신 어머니와 아버지의 헌신과 사랑은 모란꽃, 장미, 능소화 등에서 발현된다. 그 사랑은 사철꽃 사랑이다.
셋째, 임경숙 시인의 시적 경향은 고향에 대한 그리움이 가득하다. 그의 고향은 녹차 향기 피어나는 곳으로 푸른 바닷길도 있고 새소리가 가득한 제암산이 있는 전라남도 보성이다.

그림 같은 산마루에
풋풋한 녹차 향기 피어난다
푸른 바닷길 따라 걷노라니
어디선가 유혹하는 청아한
산새 소리
모두 모여 친구 되어
무지갯빛 숲길 가잔다
제암 산천 나빌레라

야생화에 설레는 오월
진분홍빛 철쭉꽃 따라
이름 모를 달콤한 향기

사시사철 실려온다

초자연의 고결한 숨결
청솔 바람에 쉬노라니
초야에 묻힌 사연
하세월 그리워라
- 시 「내 고향 푸른 보성(1)」 전문

시인의 고향은 자연과 친구가 되어 무지갯빛 숲길을 따라서 야생화를 만나니 사시사철 달콤하다. 고결한 청솔바람과 함께 천국처럼 편안히 쉴 수 있는 곳이기도 하다. 한마디로 자연의 숨결 속에서 언제나 보고픈 곳이고 그리움의 장소이기도 하다.

꽃과 나무 풀 향기 따라
초록에 사는 우리
심상의 천국이라네

사시사철 벌 나비 찾아오고
종달새 노래로 함께 춤추네

사랑하는 형제여
나 홀로 아니거늘
지상 낙원이라 말하지

태고의 역사적 숨결에
부모님 살아실 제

향기로운 그 품 안에 깊은 뿌리

뱃줄로 이어져
우리가 태어난 이곳이 아니던가

평안의 심장이
붉은 꽃으로
편히 쉬고 있네
- 시 「고향집」 전문

시인이 그린 고향은 참으로 초자연적인 낙원이 아닌가 한
다. 꽃나무 향기가 넘실대고 벌과 나비가 찾아오는 것은
물론, 새소리가 가득하니 '평안의 심장이 붉은 꽃으로 편히
쉬는 곳'인 셈이다.

무엇보다도 먼저 임경숙 시인의 시집을 만나면서 느낀 감
회를 말한다면 '진정한 행복은 무엇인가?' 하는 물음이다.

일반적으로 행복한 삶은 '즐거움을 경험하고 고통을 피하
는 것'이라고 생각한다. 그러나 60여 년을 살아온바 '즐거
움과 만족'을 경험하기는 매우 힘겨운 상황이다. 사람마다
좀 다르겠지만 행복한 삶은 '나를 성장시키고 나른 이의
삶에 긍정적으로 영향을 끼치는 것'이 아닐까 생각한다.

임경숙 시인의 삶은 좀 다르다. 자신의 시집을 많은 독자
가 읽어 주기를 소망하겠으나 불특정 다수에게 행복의 기
운을 줄 수 있다고 생각하고 있다.

임경숙 시인은 시인이자 화가이다. 자신의 시집에 실린
모든 작품은 본인이 작품활동을 했던 그림이다. 그의 시와

그림에서 느끼는 감회는 '그리움과 행복'이다.

　　사랑으로 만나는 기쁨
　　돌아서면
　　다시 또 그리워지네

　　그대의 손길 머무는 곳에
　　사랑꽃이 피어나는
　　오로라의 신비

　　가슴 뛰는
　　성년의 통증

　　어언 황혼빛이
　　가을에 물드네
　　– 시 「황혼길」 전문

　사실 시인의 첫째 의무는 재미있게 행복의 시를 쓰는 데 있다. 다시 말해 독자가 느끼는 재미와 감동, 행복의 흥을 염두에 두어야 한다. 이 원칙은 너무나도 자명하다. 시인의 시를 읽을 때 시의 제목이나 첫 부분부터 눈에 확 띄는 문장이 들어와야 한다. 그런 의미에서 시인은 독자 앞에서 휘파람을 불고 춤을 춘다는 생각으로 출발해야 한다. 독자들은 설명이나 추상적 철학에는 별로 관심이 없는 듯하다. 사실 사람들이 책을 사는 이유는 어떤 이야기를 만나고 싶어하기 때문이다. 그들은 진실한 그 뭔가를 만나고자 한다.

그 때문에 시는 일단 재미가 필요하다. 하지만 재미만 노린다면 사람들이 속았다고 느낄 수 있다. 재미 속에서도 '가르침'을 주어야 한다. 호라티우스의 격언처럼 "시는 즐거움이자 교육"인 것이다.

해바라기 한 송이 위에
고운 새 한 마리 앉았다

입맞춤 나누는 붉은 입술
사랑 얘기 들려온다

백년해로 기약하는 야심한 밤
소쩍새도 구슬피 짝을 찾아 울어댄다

꽃으로 피고 새가 되어
한 몸 되어 사노라니

아침이슬 저녁노을
아름다운 백년해로

바다의 뱃길 따라 해무가 젖어드니
초연히 황혼빛 찾아든다
- 시 「백년해로」 전문

시인의 둘째 임무는 가르치는 데 있다. 교훈을 주는 설교다. 그 설교는 따분하지 않아야 한다. 그래서 시인은 교사다. 인생의 중요한 교훈을 독자에게 전달한다. 좋은 교사(시인)는 학생(독자)들 앞에서 개그맨이나 코미디언이 되어야 한다. 필요하다면 소품을 이용하고 이리저리 돌아다니면서 손뼉을 치고 질문을 던지고, 성대모사도 해야 한다. 학생들의 주목을 이끌고 관심을 집중시키려면 무슨 일이든 해야만 관심을 끌 수 있다. 그래서 시의 끝부분은 가급적 긍정적인 분위기를 유지하는 편이 좋다.

셋째는 사람을 살리는 시가 되어야 한다. 좀 추상적이기는 하지만 시를 통해서 아픔과 고통을 받아 좌절한 이에게 희망과 위로가 되어야 한다.

많이 부족한 서평이지만 함께 나눔의 기쁨으로 200권의 시집을 출간하면서 자비량으로 서평을 써왔다. 작품을 선별하여 다섯 권의 평론집을 연속으로 남기고자 최선의 노력을 다하고 있다.

글벗에서 출간한 시집 중에는 초등학교 4학년 교과서에 실린 작품도 있다. 또 어떤 시집은 사람을 살리는 큰 역할을 한 경우도 있다. 한 시인이 미니시집으로 만들었는데 그 책을 읽고 죽이고 싶을 정도로 미운 사람을 용서하게 되었단다. 이것이 작가의 사명이 아닌가.

시인은 말 그대로 '사람을 살리는 글쓰기'를 한 셈이다. 글로써 생각 나눔도 아름답지만, 사람을 살리는 책은 더욱 더 의미 있는 일이 아닐까?

사랑하는 사람아
그대와 나는
존재의 목적을 실현하는
사랑의 하모니요
삶의 동반자라네

자연의 섭리 앞에
숭고함을 기리며
깨달음으로
삶의 순응을
배우라 하네

무지의 베일 속에
숨겨진 이해관계의 방황으로
참회의 시간을 가지라 하네

준비된 행복을 위해
한 뼘 더 고독한 성장을 하라 하네
– 시 「사랑하는 사람아」 전문

임경숙 시인의 첫 시집 『초승달 미소 보름달을 꿈꾸다』에는 '사랑'이라는 어휘가 125회 등장한다. 제목에서 등장하듯 초승달의 미소는 '어머니의 미소'가 아닐까 한다. 어머니의 미소는 따뜻한 희망이기 때문이다. 그 미소 덕분에 임경숙 시인이 따뜻한 마음을 품었는지도 모른다. 어머니를 닮아 시인도 따뜻한 미소를 지닌 삶을 살고 있는 것이다. 여가 시간을 활용하여 어려운 상황을 겪고 있는 사람들에게 '생명의 전화' 상담원으로 활동하고 있다. 많은 사람들에게 희망을 주는 상담사로 시를 쓰는 시인으로 희망을 전한다. 다시 말해서 그의 시와 언어는 많은 사람들의 생명을 살리는 희망의 메시지가 되고 있는 것이다. 어머님께 배운 미소를 다른 이에게도 꼭 전하고 싶은 것이리라. 그래서 어쩌면 임경숙 시인은 그 행복과 희망의 시를 쓰고 있는 것이다.

> 찬 이슬 은은하게
> 가을밤 반짝이면
> 내 안에 커져가는
> 무지개 환한 꿈들
> 가녀린 초승달 미소
> 보름달을 꿈꾼다
>
> 배부른 달빛 가득
> 속삭이는 행복
> 희망을 노래하라
> 그대 곁에 있나니
> 참사랑 나의 동반자
> 향기 나는 인생길
> ─ 시조 「시는 나의 인생」 전문

이 시에서 나타난 것처럼 그의 시는 무지개 환한 꿈이 있으니 바로 초승달 미소가 보름달을 꿈꾸는 것이다. 보름달이 되는 희망의 삶 속에서 시는 시인의 동반자이자 그의 인생인 셈이다.

그렇다면 좋은 시는 어떤 시일까? 나는 '짧고도 쉬운 문장으로 이루어진 시'라고 감히 말하고 싶다.

러시아의 대문호 톨스토이(Leo Tolstoy)는 좋은 문장을 가리켜 "유치원 아이가 이해할 수 있는 문장"이라고 말했다. 내가 아는 단어, 글을 읽는 사람이 아는 단어만을 사용하면 좋은 글인 셈이다. 의미를 제대로 전달하기 때문이다.

창문틀에
거꾸로 매달리면
다른 세상을 발견합니다

보고 싶은 것만 보았던
지난날
오직 나만을 위했습니다

청초한 모습
들국화 같넌
그리운 어머니

거센 비바람에 묻혀
떠나가신 빈 둥지에
두 손 모아 빌고 비는
움츠린 내 모습

떠난 뒤 후회한들
무엇이 변하리오

청개구리의
서글픈 순애보

오늘도 한이 서린 마음에
커다란 눈물방울
감추지 못한 진한 그리움

핏물 같은 비는
서러움에 그칠 줄 모릅니다
하염없이 세찬 비가
쏟아집니다
   - 시 「청개구리의 후회」 전문

 영국의 시인 리처드 올딩턴(Richard Aldington)이 쓰고
미국의 시인 로웰(Lowell, Amy Lawrence)이 수정한 이미
지스트 선언을 보면 다음과 같이 말한다.

   첫째, 일상어를 쓰고 자유시를 쓰되 음의 효과나 억양을
무시하지 말고 새로운 리듬을 창조할 것
   둘째, 제재를 자유롭게 선택하되 명확한 이미지를 중요시
하되 이미지 자체의 표현을 존중할 것
   셋째, 견고하고도 명확한 스타일의 시를 쓰되 집중이 시의
정수(精髓)라는 것을 알 것

한마디로 말하면 시는 대상을 선명한 그림처럼 인상을 그려내야 한다는 것이다. 다시 말해 눈으로 보는 시, 머리로 생각하는 시가 되어야 한다.

밤하늘에 별빛이
예쁜 꽃잎을 수놓아
사계절의 화폭에 담습니다

어둠 속에 속삭이는
별들의 이야기가 들려옵니다

마음 눌림에 차갑게 남겨진
그리움의 흔적처럼
그대에게 / 쓸쓸하고 어두운 삶도
있었음을 말합니다

어떤 이야기로
내 삶의 화폭에 / 수를 놓을까요

반짝이는 별빛처럼
손짓하는 그대에게
고운 사랑의 속삭임으로
고요한 별밤의 행복을
청해 봅니다
- 시 「속삭임」 전문

시인은 사계절의 모습을 화폭에 담는다. 별들의 흔적, 그리움의 이야기를 그린다. 시인은 사실 그림을 그리는 화가이기도 하다. 그림은 색채로 그리는 말글이라고 한다면 시는 말글로 그리는 그림인 셈이다. 시인은 어떤 이야기로 시라는 화폭에 수놓을 수 있을까요? 시인은 고운 사랑의 속삭임으로 '고요한 별밤에 행복'을 전하고 싶다고 말한다. 마치 말글로 한 폭의 그림을 그린 셈이다.

우리나라의 시인 중에 파운드의 영향을 가장 많이 받은 시인은 김기림(金起林) 시인이다. 그는 종래의 한국의 시의 감상적 격정과 영탄의 낭만적 시를 자연발생적인 것으로 규정하고 앞으로의 시는 주지적이며 회화적이어야 한다고 주장했다.

나만이 간직하는
물밑의 어둠이
밝은 희망을 키운다

알 수 없는
양분이 숨겨진 채
모성애로 물려받은
어머니의 끈이었다

사랑과
슬픔으로 뒤엉킨
어머니의 삶이

내 설움의
눈물로 채워진다

어머니의 빈자리에
고뇌에 찬
삶의 여정이
발자취를 남긴다

그리고 또 밟는다
- 시 「애환」 전문

이 시는 어머니에게 받은 사랑으로 인해 어머니의 길을
걷는 시적 자아의 모습을 그린 작품이다. 물밑 어둠 속에
서 밝은 희망을 발견하는데 그것은 바로 어머니의 끈이다.
사랑과 슬픔으로 뒤엉킨 어머니의 삶을 직접 목격하면서
내 설움과 눈물로 가득했지만, 고뇌에 찬 삶의 여정 속에
서 시적 자아도 어머니라는 이름으로 똑같은 사랑과 슬픔
의 길을 걷고 있다.

이처럼 시는 심상을 시의 회화성으로 생각한다. 다만 이
미지는 반드시 시각적인 것만을 필요로 하지 않는다. 과거
의 감각에서나 또는 지각상의 체험에서 지적으로 재생된
기억을 의미한다고 볼 수 있다. 그 기억은 그리움이든 슬
픔이든 불행이든 행복이든 그림으로 그려내는 것이다.

끝으로 임경숙 시인의 시 「전하지 못한 이야기」를 살펴
보자

사랑한다
전하지 못하고
떠나는 너에게
내 마음과 손길을
더 할 수 없음에
마음이 아파 온다

언제나 웃어주는
너로 인해
천 년 같은 행복의
삶이었노라
말하지 못했다

너무 당연해
미처 전하지 못했음을
가슴 무너진 아픔이다
떠난 뒤
흘리는 눈물로 대신하여
너무 미안한 마음 전한다

죽을 만큼 아프다는 것을
이제야 알게 된다
사랑했음을 전하고 싶다.

너 없이 가슴에 남겨진
너무나 많은
이야기 어떡하나
— 시 「전하지 못한 이야기」 전문

이 시는 임경숙 시인이 무안 제주항공 참사 유가족의 심정을 위로하며 쓴 시다. 사랑과 슬픔을 담은 시다. 언제나 웃어주는 너로 인해 천년 같은 행복한 삶이었으나 그 행복을 다 말하지 못했다. 더욱이 사랑하는 사람에게 사랑한다는 말을 못한 상태로 떠났다. 가슴이 무너지는 아픔이리라. 그래도 사랑했음을 꼭 전하고 싶은 마음뿐이리라. 그래서 시인의 마음은 그 안타까움을 시로 그리고 마음으로 생각하는 시를 쓴 것이리라.

가슴에 남겨진 너무나 많은 이야기가 있다. 그래서 시인은 오늘도 펜을 잡는다. 마치 초승달 미소가 보름달을 꿈꾸는 삶처럼 살기 위해.

■ 글벗시선 226 임경숙의 첫 번째 시집

초승달 미소
보름달을 꿈꾼다

인 쇄 일 2025년 4월 25일
발 행 일 2025년 4월 25일
지 은 이 임 경 숙
펴 낸 이 한 주 희
편집주간 최 봉 희
펴 낸 곳 도서출판 글벗
출판등록 2007. 10. 29(제406-2007-100호)
주　　소 경기도 파주시 와석순환로 16,(야당동)
　　　　　롯데캐슬파크타운 905동 1104호
홈페이지 http://cafe.daum.net/geulbutsarang
E-mail pajuhumanbook@hanmail.net
전화번호 010-2442-1466
팩　　스 031-957-7319
가　　격 12,000원
I S B N 978-89-6533-297-8 04810

* 잘못된 책은 바꿔 드립니다.